DERIB + JOB

YAKARI

Volumen 9

NORMA Editorial

YAKARI, VOLUMEN 9
Títulos originales: "Yakari et le monstre du lac"
y "Yakari et l'oiseau de neige"
Primera edición: Marzo de 2012

Passeig de Sant Joan 7 – 08010 Barcelona.
Tel.: 93 303 68 20 – Fax : 93 303 68 31.
E-mail : norma@normaeditorial.com
Traducción y rotulación: Global Design Development.
ISBN: 978-84-679-0766-7
Printed in Singapore.

www.NormaEditorial.com
www.NormaEditorial.com/blog
www.lelombard.com
www.yakari.fr

Consulta los puntos de venta de nuestras publicaciones en
www.normaeditorial.com/librerias

Servicio de venta por correo: Tel. 93 244 81 25,
correo@normaeditorial.com, www.normaeditorial.com/correo

Color: DOMINIQUE

YAKARI
EL MONSTRUO DEL LAGO
DERIB + JOB
DESDE QUE EMPEZÓ EL OTOÑO, NO HABÍA PARADO DE LLOVER A CÁNTAROS. EL SOL APARECIÓ TÍMIDAMENTE...
¿VAMOS A GALOPAR, HIJO DEL TRUENO?
¡NI HABLAR! EL SUELO ESTÁ LLENO DE AGUA. ME HUNDO HASTA LAS CAÑAS...
...BUENO, CASI.
ME PARECE QUE EXAGERA UN POCO...
24 IV 90

*VER "YAKARI Y LOS CASTORES".

PERO SI LOS CASTORES NO PUEDEN CERRAR LAS OREJAS CUANDO NADAN...
TE PREGUNTO POR EL PILLO DE TU HIJO Y NO ME CONTESTAS. ¿POR QUÉ?
TE LO RUEGO, YAKARI, NO HURGUES EN LA HERIDA...
?
¿TILO LA HA VUELTO A LIAR GORDA?
¡OJALÁ SE TRATASE SOLO DE ESO!
...¿QUIZÁ SE HA ESCAPADO?
SIEMPRE VUELVE...

¿HA SUFRIDO UN ACCIDENTE GRAVE?
SI FUESE ESO, AL MENOS SABRÍAMOS A QUÉ ATENERNOS.
PERO, ¿QUÉ LE HA PASADO?
VE A VER A SU MADRE. ELLA TE LO EXPLICARÁ...
4
¡MALDITA LLUVIA!
¡MENUDO TRABAJAZO!
AÚN NO HEMOS TERMINADO Y YA HAY QUE EMPEZAR DE NUEVO...
TENGO TRABAJO. LA PRESA HA RECIBIDO DEMASIADAS TROMBAS DE AGUA.
¡DEJAD DE COMPADECEROS! YA SABÉIS QUE SIEMPRE HAY TAREAS DE MANTENIMIENTO EN OTOÑO. ¡Y NO ES CULPA MÍA QUE ESTE AÑO HAYA LLOVIDO MÁS QUE NUNCA!
¡TOMAD EJEMPLO DE CORTEZA RUGOSA! ¡ÉL HA ENTENDIDO QUE EL TRABAJO ES SALUD!

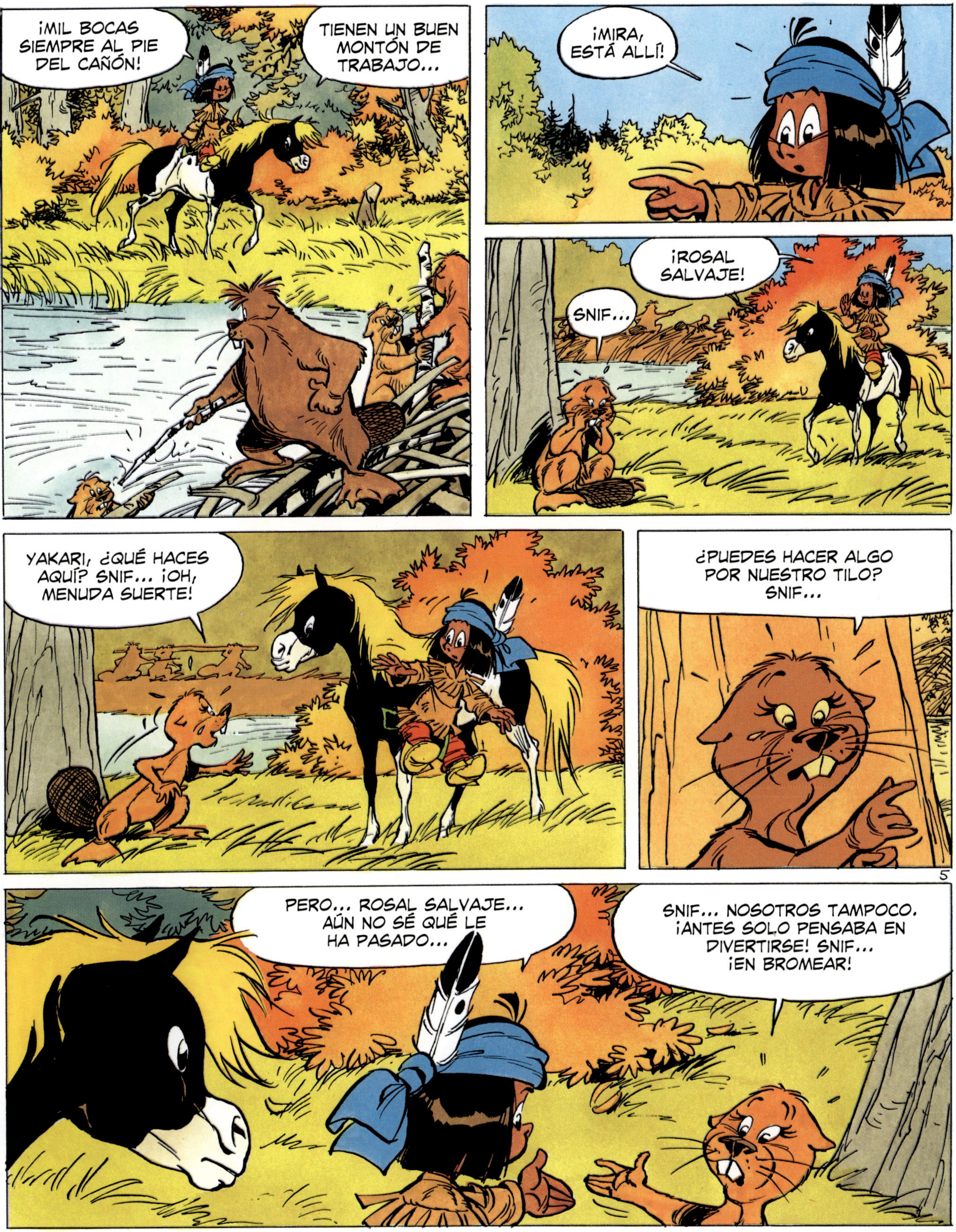
¡MIL BOCAS SIEMPRE AL PIE DEL CAÑÓN!
TIENEN UN BUEN MONTÓN DE TRABAJO...
¡MIRA, ESTÁ ALLÍ!
¡ROSAL SALVAJE!
SNIF...
YAKARI, ¿QUÉ HACES AQUÍ? SNIF... ¡OH, MENUDA SUERTE!
¿PUEDES HACER ALGO POR NUESTRO TILO? SNIF...
PERO... ROSAL SALVAJE... AÚN NO SÉ QUÉ LE HA PASADO...
SNIF... NOSOTROS TAMPOCO. ¡ANTES SOLO PENSABA EN DIVERTIRSE! SNIF... ¡EN BROMEAR!

*VER "YAKARI Y LOS CASTORES".

NO SE
DEJA VER.
SNIF...
¿DÓNDE ESTÁ?
EN AQUELLA MADRIGUERA DE ALLÍ... SNIF... ESPERO DÍA Y NOCHE A QUE SALGA... SNIF...
¡VOY PARA ALLÁ!
¡AHORA VOY, TILO!
7
?

¡TILO!
¡SOY YO, YAKARI!
EH...
VENGO A BUSCARTE...
¡PARA QUE JUEGUES CON NOSOTROS!
HIJO DEL TRUENO TAMBIÉN ESTÁ AQUÍ...
¿POR QUÉ MOLESTARSE?

...¿QUÉ ME DICES DE UNA BUENA CABALGADA?
NADA.
TE HARÁ VERLO TODO DISTINTO, TILO...
¿Y DESPUÉS QUÉ?
¡NO HAY NADA QUE HACER!
!
¿Y BIEN?
¡POBRECITO! ÉL QUE SIEMPRE HABÍA SIDO TAN ALEGRE...

TENGO QUE VER A DIQUE DE MADERA. ¿SABES DÓNDE ESTÁ?
RÍO ARRIBA, EN EL LÍMITE DEL BOSQUE.
¿YA HAS ENCONTRADO A TUS HOLGAZANES?
¡NO, Y LOS NECESITO! ¡EL TRABAJO NO AVANZA!
¿A QUÉ DEBEMOS LA VISITA DE NUESTRO AMIGO YAKARI Y DE SU FOGOSO COMPAÑERO, HIJO DEL TRUENO?
¡HOLA, DIQUE DE MADERA!
TILO ME PREOCUPA. HÁBLAME DE SU MELANCOLÍA.
...SE TRATA DE UNA ENFERMEDAD MISTERIOSA DE DIFÍCIL EXPLICACIÓN... NADIE SABE POR QUÉ LLEGA NI CUÁNDO SE IRÁ... AFECTA AL ALMA...
¡PUES SÍ QUE HE AVANZADO!

SOLO UN GRAN BRUJO PODRÍA ENCONTRAR REMEDIO...
¡NO PUEDO SOPORTAR LA IDEA DE TILO ENCERRADO EN AQUELLA MADRIGUERA!
11
EL ANUNCIO DE LA LLEGADA DE YAKARI Y DE HIJO DEL TRUENO HABÍA DESPERTADO A LA TROPA DE AMIGOS DE TILO...
¿...HAS PODIDO HABLAR CON ÉL?
PARECE QUE ESTÁ AFECTADO POR LA MELANCOLÍA.
¿CÓMO LO HAS ENCONTRADO?
¡DEBE DE ESTAR MUY ENFERMO!
Y, ¿NO LE INTERESA NADA?...
...¿NI MONTAR A CABALLO?

*VER "YAKARI Y EL EXTRANJERO".

*VER "YAKARI Y GRAN ÁGUILA".

¡CURAR A TILO! NECESITA UN CAMBIO DE AIRES.
¿TILO? ¿MI PRIMER PASAJERO?
SÍ... SNIF... ES UNA URGENCIA... SNIF... CRÉEME... SNIF...
NO SÉ QUÉ HACER...
¿QUÉ PUEDO HACER?
¡SALIR DE AQUÍ! ¡EL PELÍCANO TE ESPERA PARA DESPEGAR!

¿UN PELÍCANO? NO ME INTERESA.
...
CALLA...
¡...Y NADA!
GLURP... GLURP...
?!
¡¡YUPII!
¡HIP, HIP...
...HURRA!
¡FELIZ RETORNO, TILO!
¡POR FIN HAS VUELTO, QUERIDO!

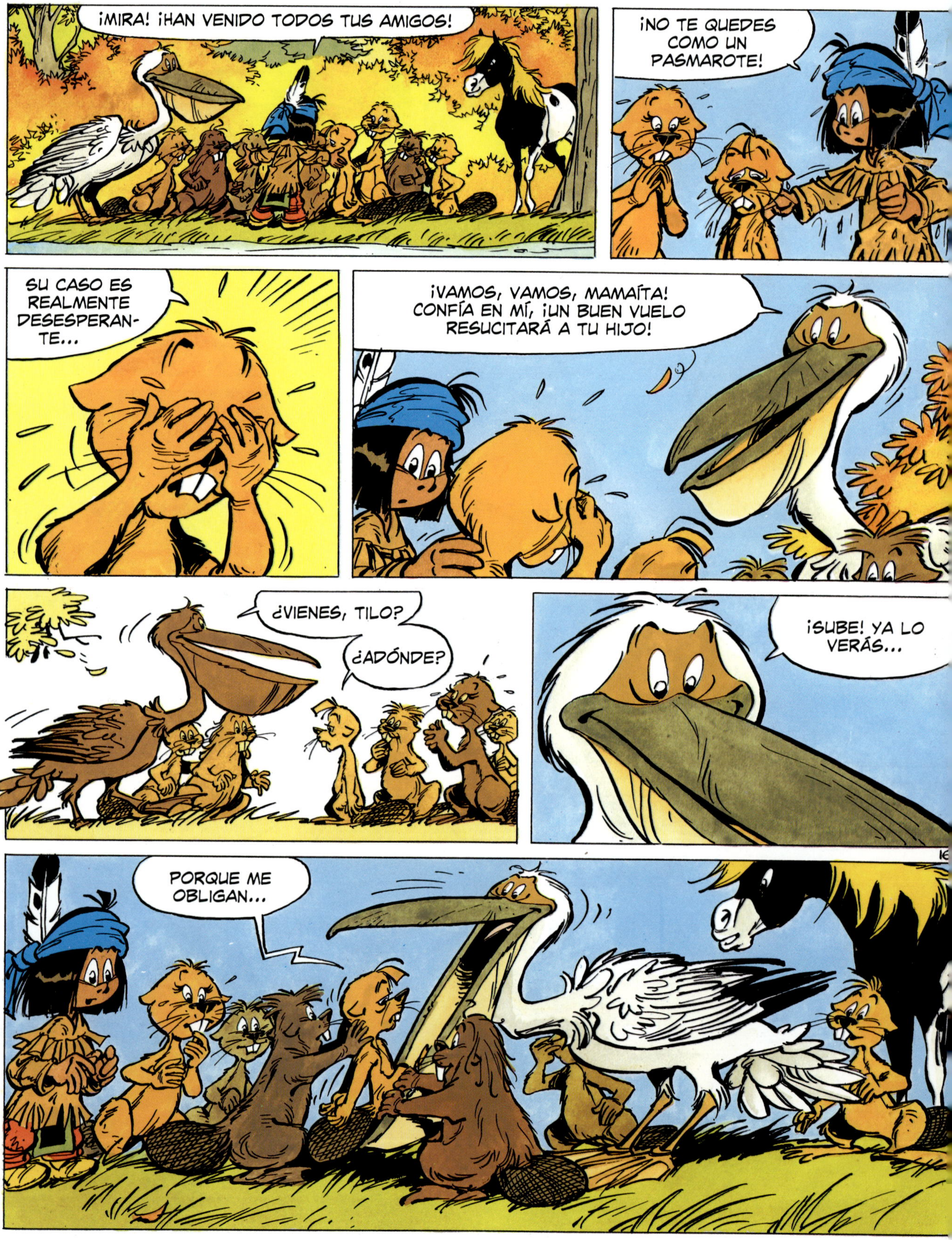
¡MIRA! ¡HAN VENIDO TODOS TUS AMIGOS!
¡NO TE QUEDES COMO UN PASMAROTE!
SU CASO ES REALMENTE DESESPERANTE...
¡VAMOS, VAMOS, MAMAÍTA! CONFÍA EN MÍ, ¡UN BUEN VUELO RESUCITARÁ A TU HIJO!
¿VIENES, TILO?
¿ADÓNDE?
¡SUBE! YA LO VERÁS...
PORQUE ME OBLIGAN...

¡DESPEGUE PERFECTO!
¡BUEN VUELO!
¡NOS VEMOS!
¡QUÉ SUERTE QUE TIENE!
¡VUELVE PRONTO!
NOS LO EXPLICARÁS, ¿EH?
17
SOIS MUY AMABLES POR INTENTAR DISTRAER A TILO...
¡...PERO AHORA, TODO EL MUNDO A LA PRESA!

¿POR QUÉ, MIL BOCAS?
PORQUE LOS TRABAJOS DE CONTENCIÓN NO HAN TERMINADO.
¿POR QUÉ?
PORQUE LOS MAYORES NO ESTÁN POR LA LABOR.
¿POR QUÉ?
PORQUE EL TRABAJO LES DABA UN POCO DE MIEDO...
¿POR QUÉ?
¡PORQUE SÍ!
¡VAMOS, A TRABAJAR!
18
SABE CÓMO HACER QUE SE MUEVAN...
¡...INCLUSO QUE CORRAN!

MIENTRAS, POR LOS AIRES...
¿TE GUSTA?
BAH...
TAN JOVEN Y TAN HASTIADO...
19
PARECE QUE EN EL FONDO NADA TE IMPRESIONA.
BUF... ¿Y QUÉ IMPORTA?

EN ESE CASO, AGÁRRATE FUERTE.
¡MUY FUERTE!
Y AHORA...
...EL DESCENSO...
¡...EN BARRENA!
20
¿TE HA GUSTADO?
EH... ¿EL QUÉ?
¡ESCÚCHAME, ESPECIE DE COLA PLANA, SI QUIERES SALIR DE ESTA, HARÁS BIEN EN PONER ALGO DE TU PARTE!

EN LA PRESA, EL TRABAJO AVANZA PENOSAMENTE...
ESTAS RAMAS SON DEMASIADO GRANDES...
TIENES RAZÓN. YO TAMPOCO PUEDO HUNDIRLAS.
¡MALDITO DIQUE!
¡NO TENEMOS FUERZA SUFICIENTE, MIL BOCAS! SABES BIEN QUE AÚN SOMOS PEQUEÑOS...
YO A VUESTRA EDAD... BIEN, DA IGUAL...
...TENGO QUE ACEPTARLO, PERO HACED ALGO ÚTIL, PEQUEÑOS MÍOS...
¡...ID AL BOSQUE Y TRAED RAMAS CON MUCHAS HOJAS PARA TAPAR LAS GRIETAS!
21
HIJO DEL TRUENO ESTARÁ ENCANTADO DE ACARREARLAS...
¡REALMENTE NOS TRATA A GOLPE DE VARA!
TÚ LO HAS DICHO. PERO, ¿NO QUERRÁS QUE NOS QUEDEMOS AHÍ SIN HACER NADA?

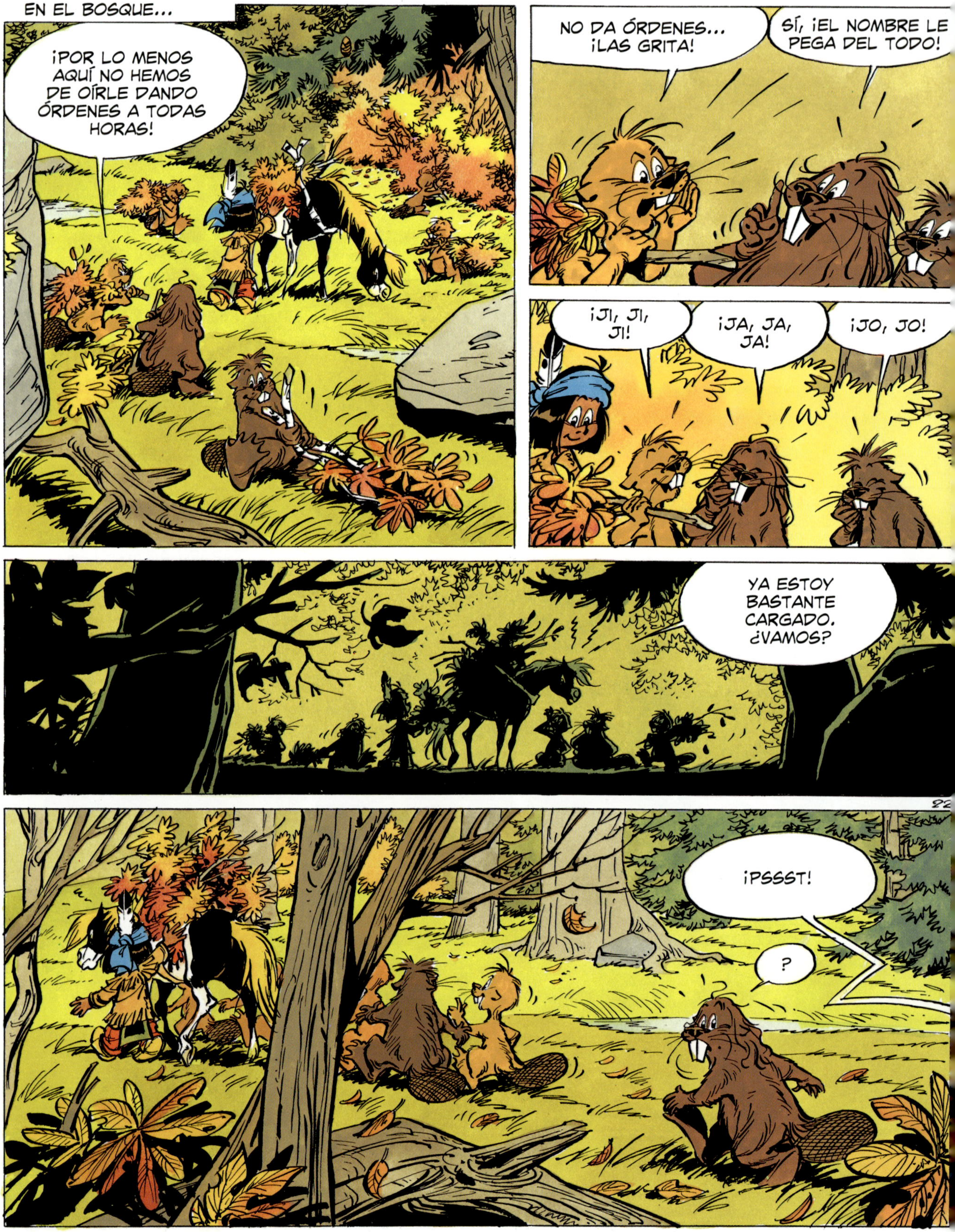
EN EL BOSQUE...
¡POR LO MENOS AQUÍ NO HEMOS DE OÍRLE DANDO ÓRDENES A TODAS HORAS!
NO DA ÓRDENES... ¡LAS GRITA!
SÍ, ¡EL NOMBRE LE PEGA DEL TODO!
¡JI, JI, JI!
¡JA, JA, JA!
¡JO, JO!
YA ESTOY BASTANTE CARGADO. ¿VAMOS?
¡PSSST!
?

EN EL CIELO, MUY LEJOS DE ALLÍ...
¡MIRA!
¡UN CUERVO!
NO TENGAS MIEDO...
¡NUNCA HABÍA VISTO UN PICO COMO ESTE!
¿QUÉ HACES POR AQUÍ?
¿ERES SORDO O QUÉ?
23

¡NO SE HABLA CON LA BOCA LLENA!
!
KLAP
24
¡JI, JI, JI!
¡A ESTO SE LE LLAMA UN BUEN SUSTO!
¡EH! ¡PARECE QUE TE VAS ANIMANDO, TILO!
¡UN DESCENSO EN PICADO ME IRÍA MUY BIEN!
¡ESTOY CONTIGO!
¡OH!

¿ESTÁS VIENDO LO QUE YO?
¡PARECE UNA SERPIENTE!
¡FABULOSO!
25

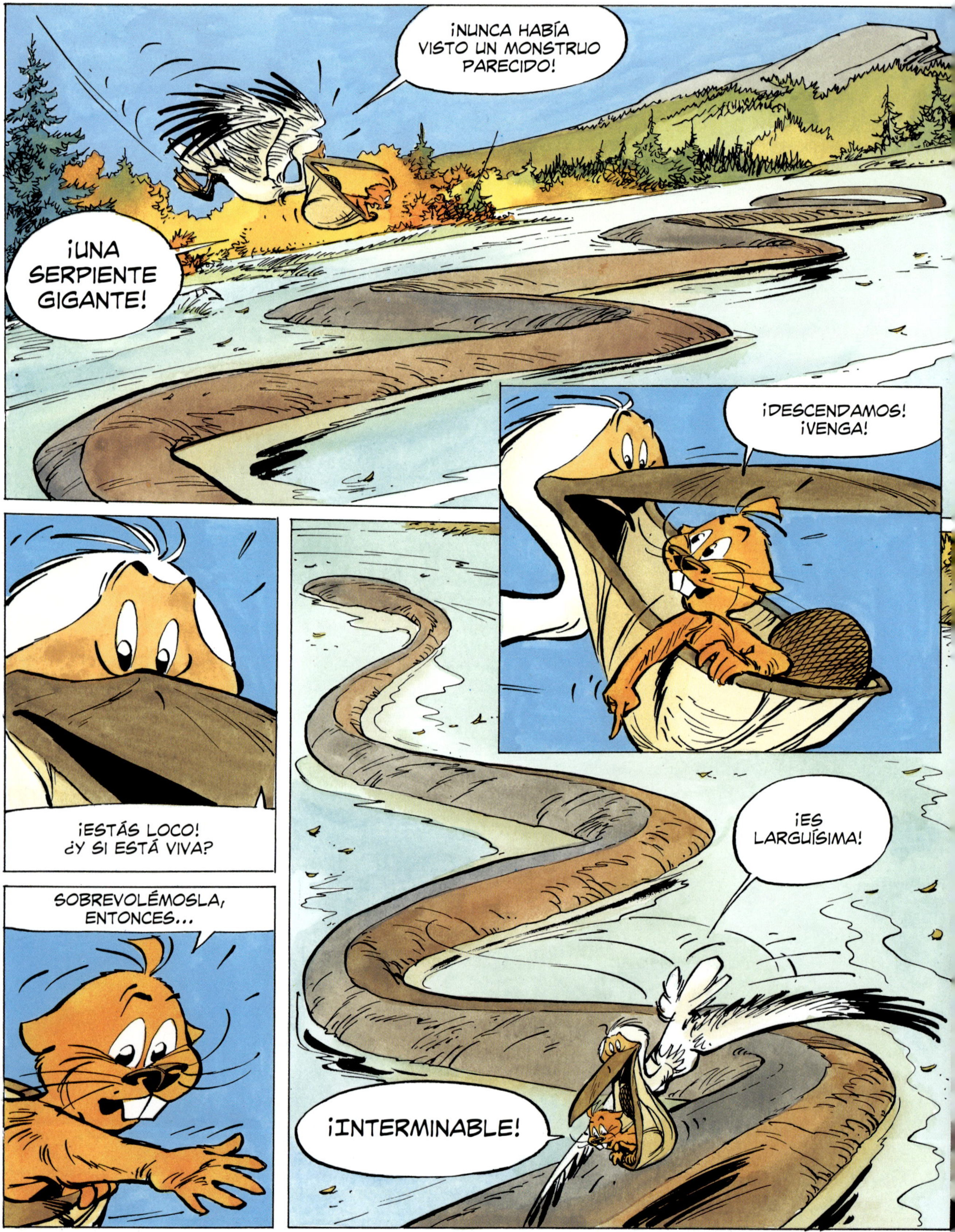
¡NUNCA HABÍA VISTO UN MONSTRUO PARECIDO!
¡UNA SERPIENTE GIGANTE!
¡DESCENDAMOS! ¡VENGA!
¡ESTÁS LOCO! ¿Y SI ESTÁ VIVA?
SOBREVOLÉMOSLA, ENTONCES...
¡ES LARGUÍSIMA!
¡INTERMINABLE!

¡NO SE MUEVE!
QUIZÁ ESTÁ HIBERNANDO...
¡ENTONCES PODEMOS POSARNOS ENCIMA!
¡NI HABLAR! ¿Y SI SE DESPIERTA?
ESTOY PREOCUPADO POR LOS TUYOS. VAYAMOS A AVISARLOS.
¿HAS OÍDO ESAS VOCES?
¡SOBRE TODO NO NOS DEJEMOS VER!
27
MIENTRAS, CERCA DE LA PRESA...
¡TRAEMOS EL ABEDUL!
PERFECTO. DESCARGUÉMOSLO.

YAKARI, ¿NO HAS VISTO A DOBLE DIENTE?
PERO SI VENÍA CON NOSOTROS...
¡AQUÍ NO ESTÁ!
¿HABRÁ DESAPARECI-DO?
¡ABRID PASO!
?
¡HE VISTO UN MONSTRUO!
28
¡MI TILO HA VUELTO!
¿UN MONSTRUO? ¿DE QUÉ HABLAS?
¡COMO LO OYES! ¡HEMOS PASADO ROZÁNDOLO! ¡CASI LO TOCO!

¿Y QUÉ ASPECTO TIENE VUESTRO MONSTRUO?
¡ES UNA SERPIENTE!
¡QUÉ HORROR!
29
¡ENORME! ¡INMENSA! ¡GIGANTESCA!
¡NO SE LE VEÍA EL FINAL...
...NI EL PRINCIPIO!
¡UNA BESTIA FANTÁSTICA!

¿ESTÁS SEGURO DE QUE YA TE ENCUENTRAS BIEN, TILO?
¿YO? ¡ESTOY EN PLENA FORMA, COMO SIEMPRE!
TRANQUILA, ROSAL SALVAJE. TU HIJO ESTÁ CURADO. YO TAMBIÉN LO HE VISTO.
¿SE MUEVE ESTA FAMOSA SERPIENTE?
NO. PARECE DORMIDA.
¡BUF!
¡CUIDADO! NO HAY AGUA MÁS PELIGROSA QUE LA ESTANCADA...

TIENES RAZÓN, PELÍCANO. HEMOS DE ESTAR ALERTA. ADEMÁS, EMPIEZO A ESTAR PREOCUPADO...
...ME PREGUNTO SI EL MONSTRUO NO HABRÁ HIPNOTIZADO A MIS HOLGAZANES...
...Y DESPUÉS LOS HABRÁ ASFIXIADO...
...Y SE LOS HABRÁ COMIDO.
QUIZÁ DOBLE DIENTE HA CORRIDO LA MISMA SUERTE.
¿QUIÉN SABE?
31
¡POR ESO LA SERPIENTE NO SE MUEVE! ESTÁ DIGIRIENDO TRANQUILAMENTE...
¡CIERRA LA BOCA, CASTOR!
DECIDME DÓNDE ESTÁ EXACTAMENTE.
REMONTANDO EL RÍO UN BUEN TRECHO, CERCA DE UN LAGO. ALLÍ LA ENCONTRARÁS. SOBRESALE DEL AGUA...

BIEN. MAÑANA, CUANDO AMANEZCA, IREMOS A BUSCAR AL MONSTRUO DEL LAGO.
¿NOSOTROS TAMBIÉN?
¡TODO EL MUNDO!
PELÍCANO, TÚ Y TILO IRÉIS DELANTE.
¡GENIAL! ¡ME ENCANTA VOLAR!
OS LLEVARÉIS UNAS CUANTAS PIEDRAS.
¿PARA HACER QUÉ? ¡TILO YA PESA SUFICIENTE!
SE LAS TIRARÉIS A LA SERPIENTE PARA VER CÓMO REACCIONA. ASÍ PODRÉIS DECIRNOS SI ES PELIGROSA O NO.
AHORA TENEMOS QUE DORMIR. NECESITAREMOS TODAS NUESTRAS FUERZAS.
32
ESA NOCHE, MUCHOS SUEÑOS SE TORNARON PESADILLAS...
Z Z Z Z Z Z Z Z Z

EL SOL ACABABA DE SALIR...
FLAP FLAP
¡MÁS RÁPIDO!
HAGO LO QUE PUEDO... CON ESTAS PIEDRAS...
ME LO IMAGINO... ¡PERO ESTOY IMPACIENTE!
¡MÍRALA!
33
¡NO SE LA TIRES MUY FUERTE!
NO SE HA MOVIDO...

¡INTENTÉMOSLO DE NUEVO!
¡ESTA VEZ CON TODAS TUS FUERZAS!
¡Y TOMA!
¿QUIZÁ ESTÁ MUERTA?
¡NO NOTA ABSOLUTAMENTE NADA!
MUERTO EL PERRO, SE ACABÓ LA RABIA...

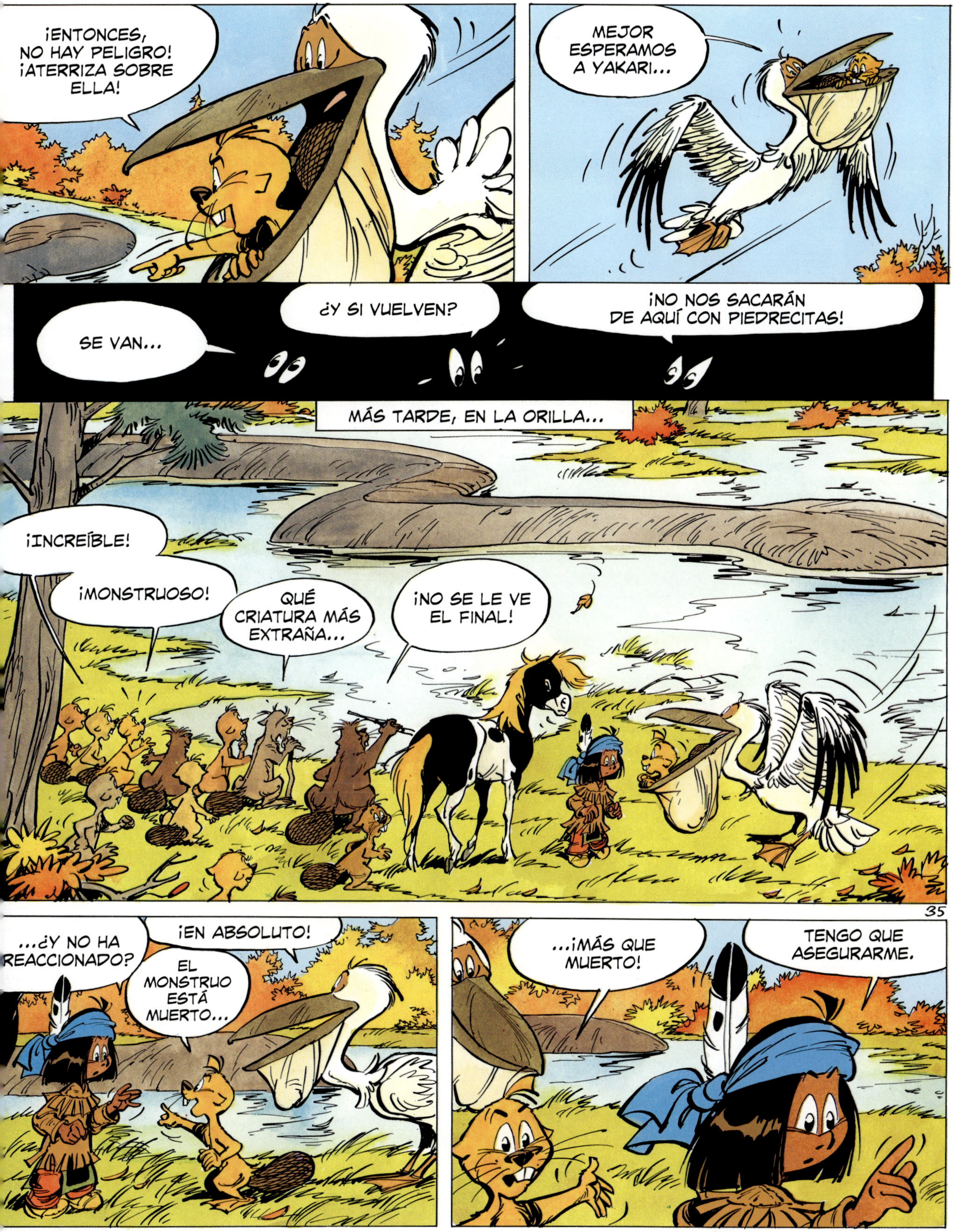
¡ENTONCES, NO HAY PELIGRO! ¡ATERRIZA SOBRE ELLA!
MEJOR ESPERAMOS A YAKARI...
SE VAN...
¿Y SI VUELVEN?
¡NO NOS SACARÁN DE AQUÍ CON PIEDRECITAS!
MÁS TARDE, EN LA ORILLA...
¡INCREÍBLE!
¡MONSTRUOSO!
QUÉ CRIATURA MÁS EXTRAÑA...
¡NO SE LE VE EL FINAL!
35
...¿Y NO HA REACCIONADO?
¡EN ABSOLUTO!
EL MONSTRUO ESTÁ MUERTO...
...¡MÁS QUE MUERTO!
TENGO QUE ASEGURARME.

!
¡¡SACA LA LENGUA!!
¡HUYAMOS!
?
!!
37
¡ESPERAD!
QUÉ LENGUA TAN EXTRAÑA...
MI LANZA NO LE HACE NADA... ¡Y ESO QUE ESTÁ BIEN CLAVADA!
¿QUÉ HACEMOS, YAKARI?
¡AHORA BAJO!

¡NO HAY NADA QUE TEMER!
ESTOY CONVENCIDO DE QUE EL MONSTRUO ES COMPLETAMENTE INOFENSIVO.
¿Y LA LENGUA?
NO TIENE.
PERO... ¡SI LA HEMOS VISTO TODOS!
?
QUIERO DECIR QUE NO ES SU LENGUA DE VERDAD.
38
¿Y CÓMO EXPLICAS QUE SE MUEVA?
ESO ES LO QUE HAY QUE DESCUBRIR.
¿CÓMO?
¡SECANDO EL LAGO!

POCO DESPUÉS DE QUE DIQUE DE MADERA CONCIBIERA UN PLAN PARA EVACUAR EL AGUA DEL LAGO, MIL BOCAS YA LO ESTABA LLEVANDO A CABO.
¡MIRA! ¡SE TRAGA LA LENGUA!
¡NO ES SUYA! ¿NO HAS OÍDO A YAKARI?
39
PARECE QUE EL NIVEL DEL AGUA ESTÁ BAJANDO...
¡AQUÍ HAY GATO ENCERRADO!
EL LAGO TARDÓ UN BUEN RATO EN VACIARSE DEL TODO.
¡UNA SERPIENTE DE BARRO!
¡MENUDO TRABAJO!
¡ES OBRA DE UN GIGANTE!

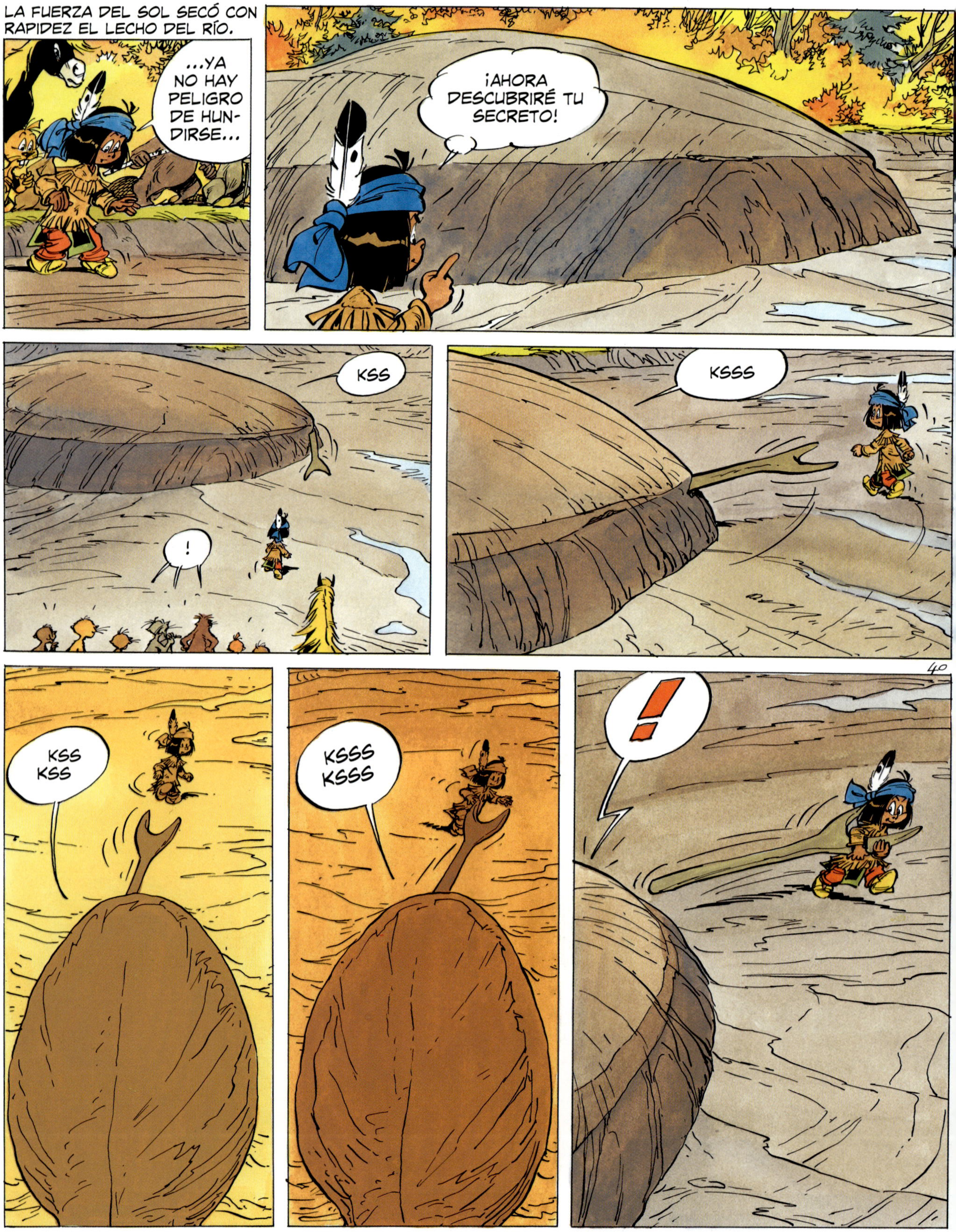
LA FUERZA DEL SOL SECÓ CON RAPIDEZ EL LECHO DEL RÍO.
...YA NO HAY PELIGRO DE HUN-DIRSE...
¡AHORA DESCUBRIRÉ TU SECRETO!
KSS
!
KSSS
KSS KSS
KSSS KSSS
!

' ASÍ, LOS CASTORES DESAPARECIDOS SALIERON AL DESCUBIERTO...

¡POR FIN OS ENCUENTRO, PANDA DE TRAMPOSOS...
...FUGITIVOS!
¿DOBLE DIENTE ESTABA CONTIGO?
ME MORÍA DE ABURRIMIENTO SIN MI PEQUEÑO...
¿SE PUEDE SABER QUÉ OS HA COGIDO PARA METEROS AHÍ DENTRO?
EH...
HUM...
NO TE PREOCUPES, MIL BOCAS. TE LO EXPLICARÉ TODO...
MIRA, TODOS ADMIRAMOS TUS CUALIDADES EXTRAORDINARIAS COMO JEFE DE OBRA. PERO HAS DE RECONOCER QUE TIENES TENDENCIA A CARGARNOS DE TRABAJO...

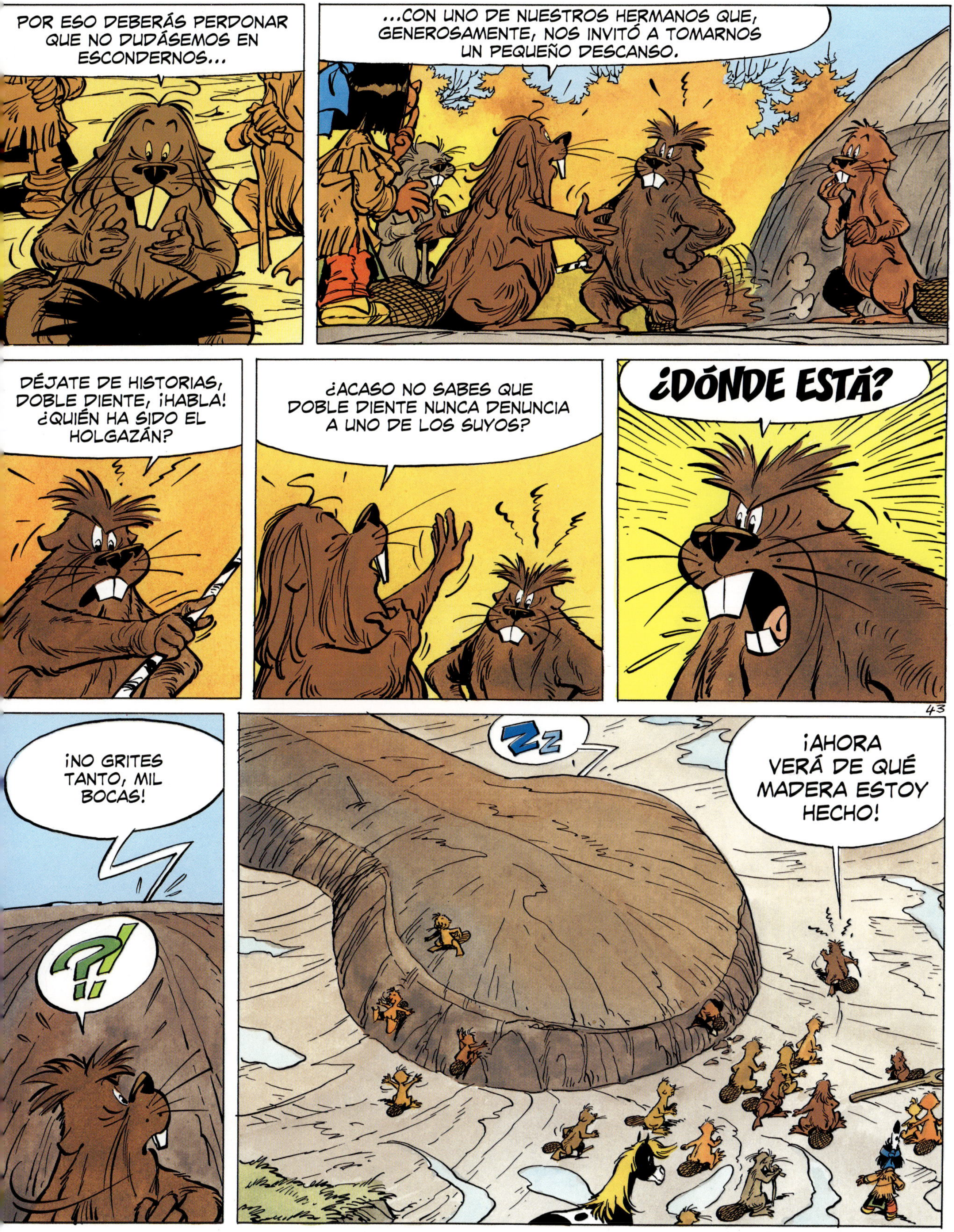
POR ESO DEBERÁS PERDONAR QUE NO DUDÁSEMOS EN ESCONDERNOS...
...CON UNO DE NUESTROS HERMANOS QUE, GENEROSAMENTE, NOS INVITÓ A TOMARNOS UN PEQUEÑO DESCANSO.
DÉJATE DE HISTORIAS, DOBLE DIENTE, ¡HABLA! ¿QUIÉN HA SIDO EL HOLGAZÁN?
¿ACASO NO SABES QUE DOBLE DIENTE NUNCA DENUNCIA A UNO DE LOS SUYOS?
¿DÓNDE ESTÁ?
43
¡NO GRITES TANTO, MIL BOCAS!
?!
ZZ
¡AHORA VERÁ DE QUÉ MADERA ESTOY HECHO!

¡MADERA DE CAMA!
ZRZ
¡ARRIBA! ¡LO SÉ TODO!
ENTONCES DEBERÍAS SABER QUE HAY QUE RESPETAR EL SUEÑO DE LOS DEMÁS.
¿QUÉ TIENES QUE DECIR EN TU DEFENSA?
ZZR
!
¿Y ESTE ES EL CABECILLA?
Z
ZZR
SU PEREZA ES INSUPERABLE. ¡TENDRÉ QUE VIGILAR, NO SEA QUE SE CONTAGIE!
SI LO LLEGO A SABER... ZZZ... NO LOS HABRÍA TRAÍDO A MI ESCONDITE... ZZZ... Y MIL BOCAS NO HABRÍA VENIDO A DESPERTARME... ZZZ... CON TANTO ESCÁNDALO... ZZZ...

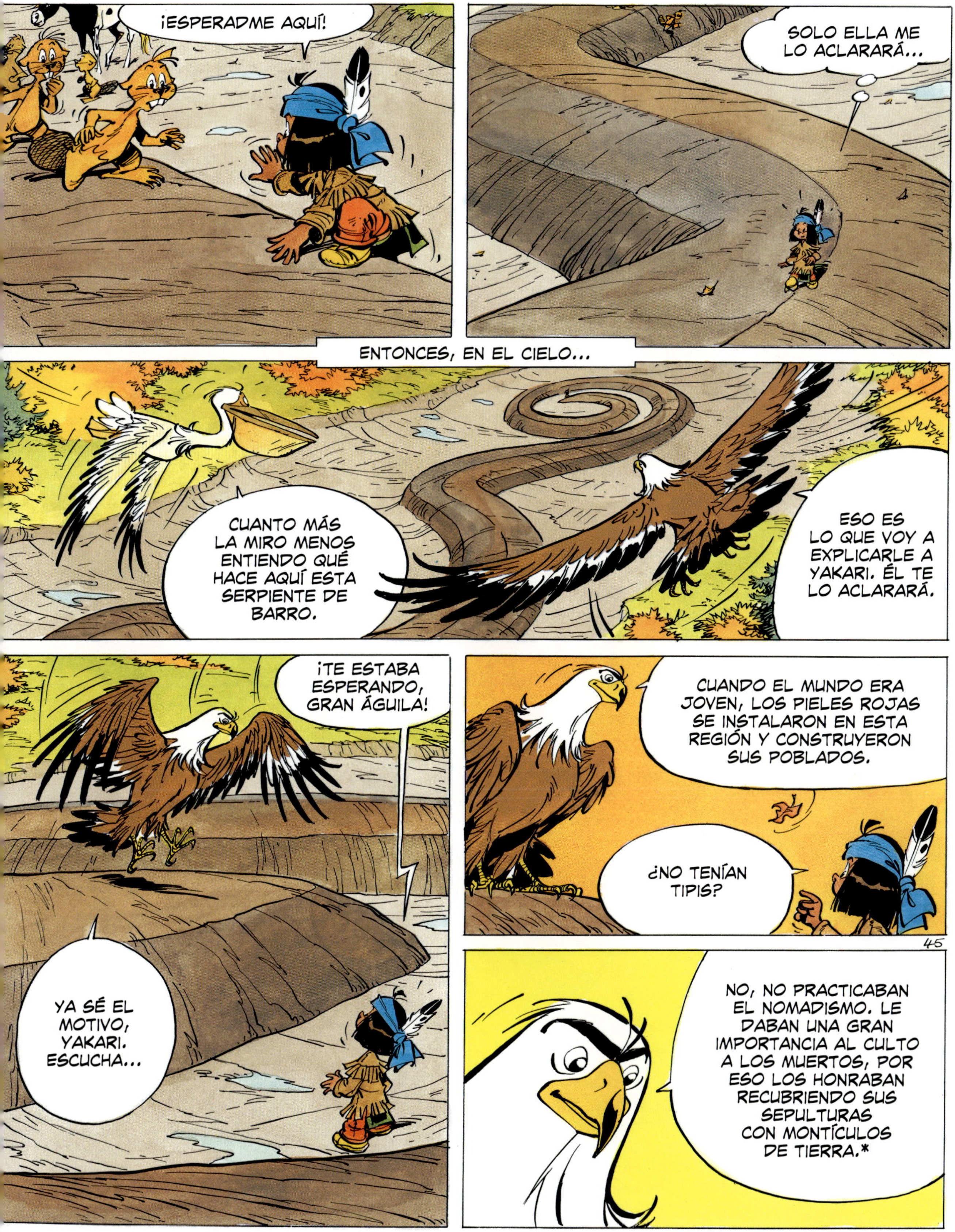

*EN ARQUEOLOGÍA: "TÚMULOS".

A ALGUNOS DE ESTOS TÚMULOS FUNERARIOS LES DABAN FORMA DE ANIMALES TOTÉMICOS: OSOS, COCODRILOS, GOLONDRINAS... PERO SU OBRA MAESTRA FUE SIN DUDA LA SERPIENTE QUE HA DESCUBIERTO MADERA DE CAMA.*
*EN LA CUENCA DEL MISISIPÍ SE ERIGIERON MILES DE TÚMULOS FUNERARIOS (PEQUEÑAS MONTAÑAS ARTIFICIALES O PIRÁMIDES RECORTADAS). EL DE "LA GRAN SERPIENTE", CERCA DE CINCINNATI, TIENE 412 METROS DE LARGO Y UNOS 1.500 AÑOS.
AHORA, YAKARI, YA PUEDES DESVELAR EL SECRETO DEL MONSTRUO DEL LAGO A TUS AMIGOS.
EN EL CAMINO DE VUELTA...
¡ERES UNA CELEBRIDAD, MADERA DE CAMA!
ESTO NO ME QUITARÁ EL SUEÑO... ZZZ...
¿Y A ESTO LE LLAMAN UN DESCUBRIDOR?
AL LLEGAR ENCONTRARON LA PRESA COMPLETAMENTE TERMINADA...
¡PADRE! LO HAS HECHO TÚ SOLO?
¡BONITAS Y NOBLES PALABRAS!
¡MI ALEGRÍA POR SABER QUE VOLVÍAS A SER EL DE SIEMPRE HA REDOBLADO MIS GANAS DE TRABAJAR!
FIN
DERIB + JOB 29 IV 1991
¡ESTOS TRABAJADORES NO TIENEN REMEDIO! ZZZ

YAKARI

EL PÁJARO DE NIEVE

YAKARI
EL PÁJARO DE NIEVE
A MEDIADOS DE UN VERANO ARDIENTE, UNA GRAN TORMENTA REFRESCA LA PRADERA...
DERIB + JOB
¡ATENCIÓN, MI BISONTE VA A LA CARGA!
¡MI MUÑECA ES MUCHO MÁS RÁPIDA QUE ÉL!

¡ATACA, PEQUEÑO BISONTE!
¡CORRE, PEQUEÑA!
¡MÁS APRISA, GRANDULLÓN!
¡AL GALOPE! TACATÁ, TACATÁ...
BRRRRRR
BRRRRRRRRRRR
?

BRRR
¿HAS OÍDO ESO, ARCO IRIS?
¡¿EL SUELO TIEMBLA?!
RRRRRRR
¡¡TENGO MIEDO!!
¡HUYAMOS!
!?!
?

?
¿PERO QUÉ ESTÁ PASANDO?
¡SALTEMOS!
4
¡ESTÁS LOCA! ¡NOS PARTIREMOS EL CUELLO!
¡NO HAY NADA QUE HACER!

SI EMPUJAMOS CON TODAS NUESTRAS FUERZAS...
...BAJARÁ.
ERA INÚTIL... EL TIPI DE YAKARI GANABA MÁS Y MÁS ALTURA.
TENGO VÉRTIGO.
ESTOY MAREADA...
ACUÉSTATE UN RATO...

LA TIENDA VOLADORA SE DIRIGÍA...
...INEXORABLEMENTE...
NO SE VE NI UN ÁRBOL...
¡VEN, DEPRISA!
...HACIA LAS TIERRAS BOREALES.
¡MIRA QUÉ MANADA!
PERO... ESTO NO SON ALCES...

¡NUNCA HABÍA VISTO PÁJAROS COMO ESTOS!
UNOS NIÑOS QUE VUELAN...
?
¡LO QUE HAY QUE VER!
TENGO LA IMPRESIÓN DE QUE VAMOS MÁS DESPACIO...
¡...SE ESTÁ PARANDO!
¡SE ESTRELLARÁ!
7
¡Y NOSOTROS CON ELLA!
¡EH, LOS DE AHÍ ARRIBA, NO TENGÁIS MIEDO!

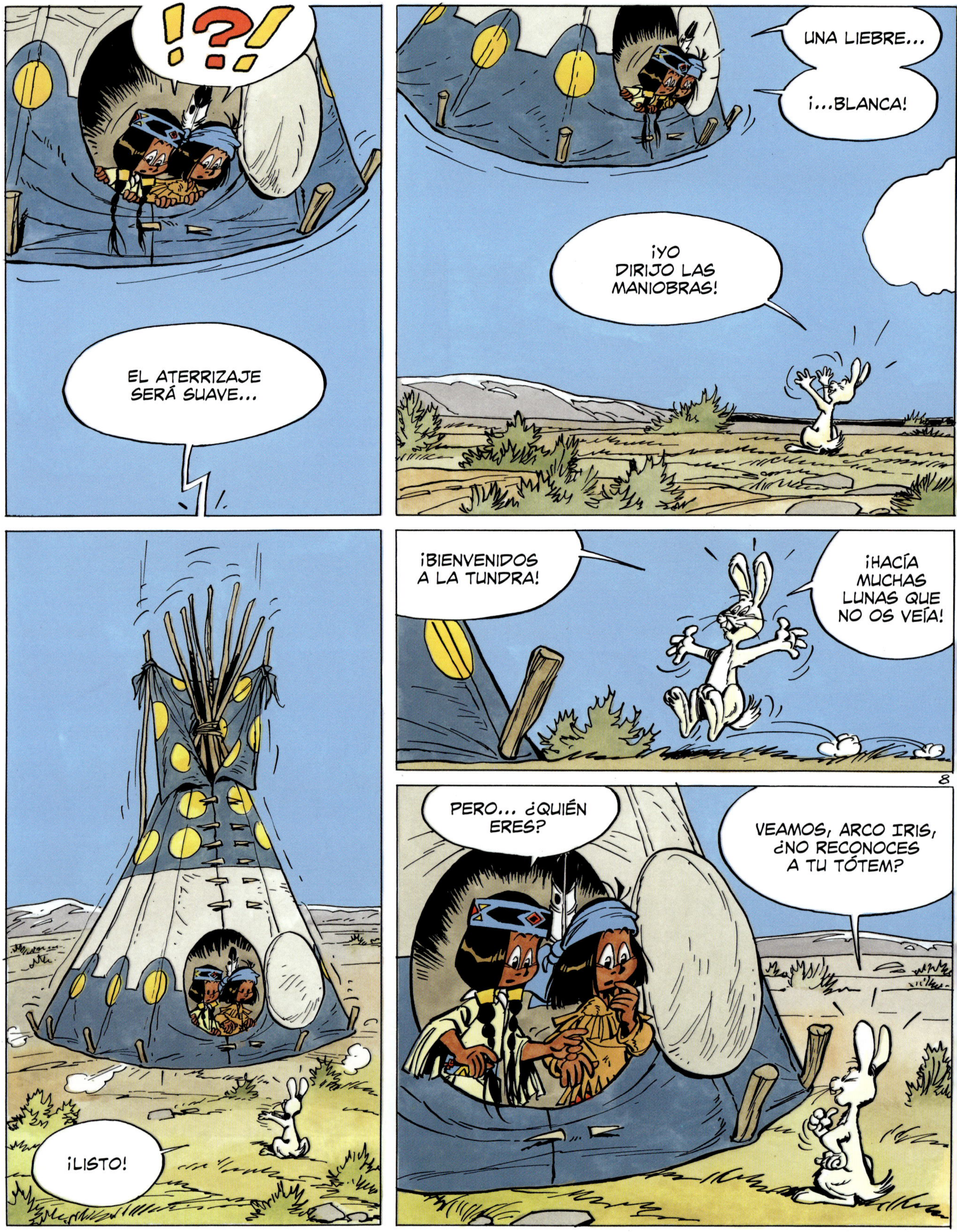
!?!
EL ATERRIZAJE SERÁ SUAVE...
UNA LIEBRE...
¡...BLANCA!
¡YO DIRIJO LAS MANIOBRAS!
¡LISTO!
¡BIENVENIDOS A LA TUNDRA!
¡HACÍA MUCHAS LUNAS QUE NO OS VEÍA!
8
PERO... ¿QUIÉN ERES?
VEAMOS, ARCO IRIS, ¿NO RECONOCES A TU TÓTEM?

*VER "YAKARI Y NANABOZO"

¿Y QUÉ HACES AQUÍ, TAN LEJOS DE LA PRADERA?
TE ESPERABA, ARCO IRIS.
¿Y CÓMO SABÍAS QUE VENDRÍA?
HE SIDO YO QUIEN HA HECHO VOLAR EL TIPI DE YAKARI...
...Y QUIEN LO HA TRAÍDO HASTA LA TUNDRA.
PERO... ¿POR QUÉ?
LA MADRE TIERRA HA DADO VIDA A UNA GRAN MULTITUD DE CRIATURAS. TÚ CONOCES YA A MUCHOS DE TUS HERMANOS ANIMALES...

...PERO HAY MUCHOS OTROS QUE NI TAN SOLO SABES QUE EXISTEN. EN ESTAS REGIONES INEXPLORADAS, LLENAS DE PELIGROS, HAY ALGUNOS MUY SINGULARES...
YAKARI Y TÚ SERÉIS LOS PRIMEROS DE VUESTRA TRIBU EN VERLOS...
...Y DICHO ESTO, ¡ME MARCHO!
¿NO TE QUEDAS, NANABOZO?
YAKARI ESTARÁ CONTIGO, ARCO IRIS.
¡ABRID LOS OJOS! ¡ESCUCHAD CON ATENCIÓN!
PARA EMPEZAR, HARÍAIS BIEN EN INTERESAROS...
¡...POR LO QUE PASA BAJO VUESTROS PIES!
?
POP

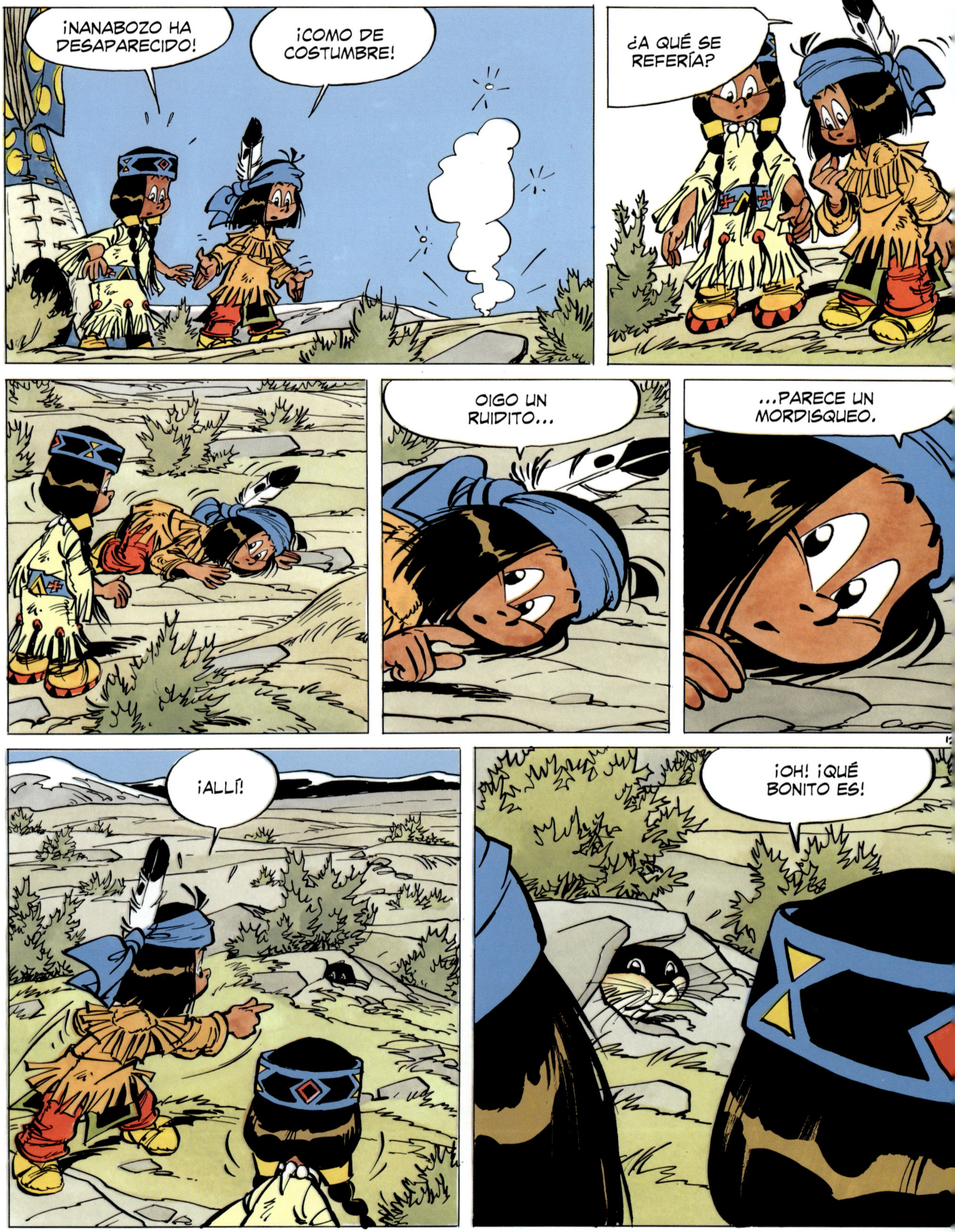
¡NANABOZO HA DESAPARECIDO!
¡COMO DE COSTUMBRE!
¿A QUÉ SE REFERÍA?
OIGO UN RUIDITO...
...PARECE UN MORDISQUEO.
¡ALLÍ!
¡OH! ¡QUÉ BONITO ES!

VEN, PEQUEÑO... VEN...
NO TENGAS MIEDO.
ESTÁ GORDITO... Y ESTÁ MUY CALENTITO CON ESTE PELO TAN BONITO...
ESCUCHA... ¡RONRONEA COMO UN GATO!
13
NO NOTO NADA... ¿PUEDO COGERLO?
AHORA ESTÁ MUY A GUSTO CONMIGO...

ME PREGUNTO QUÉ ANIMAL DEBE DE SER... ¿SE TE OCURRE ALGUNA COSA?
¡PARECE UN PERRITO DE LA PRADERA QUE SE HA OLVIDADO DE CRECER!
!
¡AY!
¿POR QUÉ ME MUERDES?
?
¡PORQUE ME HAS INSULTADO!
¡YA HACE MUCHO TIEMPO QUE ACABÉ DE CRECER! ¡TENGO LA MEDIDA PROPIA DE UN LEMMING ADULTO!
¿QUÉ DICE?
...QUE ESTAMOS FRENTE A UN LEMMING DE EDAD ADULTA.
14
¿LEMMING? ¡QUÉ NOMBRE MÁS BONITO!

¡¿EH?!
!
¡CUIDADO!
!
¿QUÉ ERA ESO?
PARECE UN ÁGUILA BLANCA...
¿Y EL LEMMING, DÓNDE SE HA METIDO?

*VER "YAKARI-LA GRAN MADRIGUERA"

¿ME OYES?
¿ESTÁS AQUÍ?
ARCO IRIS Y YAKARI SE ALEJARON CADA VEZ MÁS DEL TIPI.
SÉ BUENO, PEQUEÑO... ¡SAL!
SAL DE ESTE AGUJERO... ¡SI ESTÁS AHÍ!
17
NO PUEDO MÁS... ¿CUÁNDO SE HARÁ DE NOCHE?
ME DUERMO... ¡Y EL DÍA NO SE ACABA NUNCA!
EL SOL DE MEDIANOCHE ILUMINABA LA TUNDRA CON SU FUEGO...
...CUANDO LOS DOS NIÑOS CAYERON RENDIDOS POR EL SUEÑO.

DOS HORAS MÁS TARDE...
ZZZ
¿PIENSAS DORMIR MUCHO RATO?
!!
¿ME TIENES MIEDO?
¡Y MUCHO!
TÚ ERES QUIEN SE HA LANZADO SOBRE NOSOTROS...

¿ACASO NO TENÍAIS UN LEMMING EN BRAZOS?
SÍ... ¿Y QUÉ?
PARECÍA TAN APETITOSO...
¿...TE LO QUERÍAS COMER?
¡EVIDENTEMENTE!
PERO NO TE PREOCUPES POR MÍ. ESTE AÑO HAY LEMMINGS DE SOBRA...
19
DICHO ESTO, ¿CÓMO TE LLAMAS, PEQUEÑO PIEL ROJA?
ME LLAMO YAKARI. ESTOY EXPLORANDO TU TIERRA CON MI AMIGA ARCO IRIS, QUE POR CIERTO NO SÉ DÓNDE ESTÁ...
¿ME AYUDAS A ENCONTRARLA?
¡VOY VOLANDO!
¡ESPERA! AÚN NO SÉ QUIÉN ERES...

*SE TRATA DE UN BÚHO DEL ÁRTICO, CONOCIDO TAMBIÉN COMO BÚHO DE LAS NIEVES.

¡POR FIN TE ENCUENTRO!
¡EH! ¡NO HUYAS!
SOY TU AMIGO...
?
21

EL BÚHO TENÍA RAZÓN... ¡ESTÁ LLENO DE LEMMINGS!
¿CÓMO RECONOCER AL NUESTRO? ¿ESTARÁ CON ELLOS?
!
PERO... ¡SE ESTÁN LANZANDO AL RÍO!

¡SE AHOGARÁ!
¡Y AQUEL OTRO TAMBIÉN!
23
PERO BUENO... ¿QUÉ ES LO QUE OS HACE LANZAROS ASÍ AL AGUA?

LOS LEMMINGS SE MULTIPLICAN MUY RÁPIDAMENTE. CADA TRES O CUATRO AÑOS, LA POBLACIÓN AUMENTA DE TAL MANERA QUE LA VEGETACIÓN SE AGOTA. ENTONCES TIENEN QUE EMIGRAR PARA BUSCAR ALIMENTO EN OTRO SITIO.

MIENTRAS, ARCO IRIS VIVÍA UNA PESADILLA...

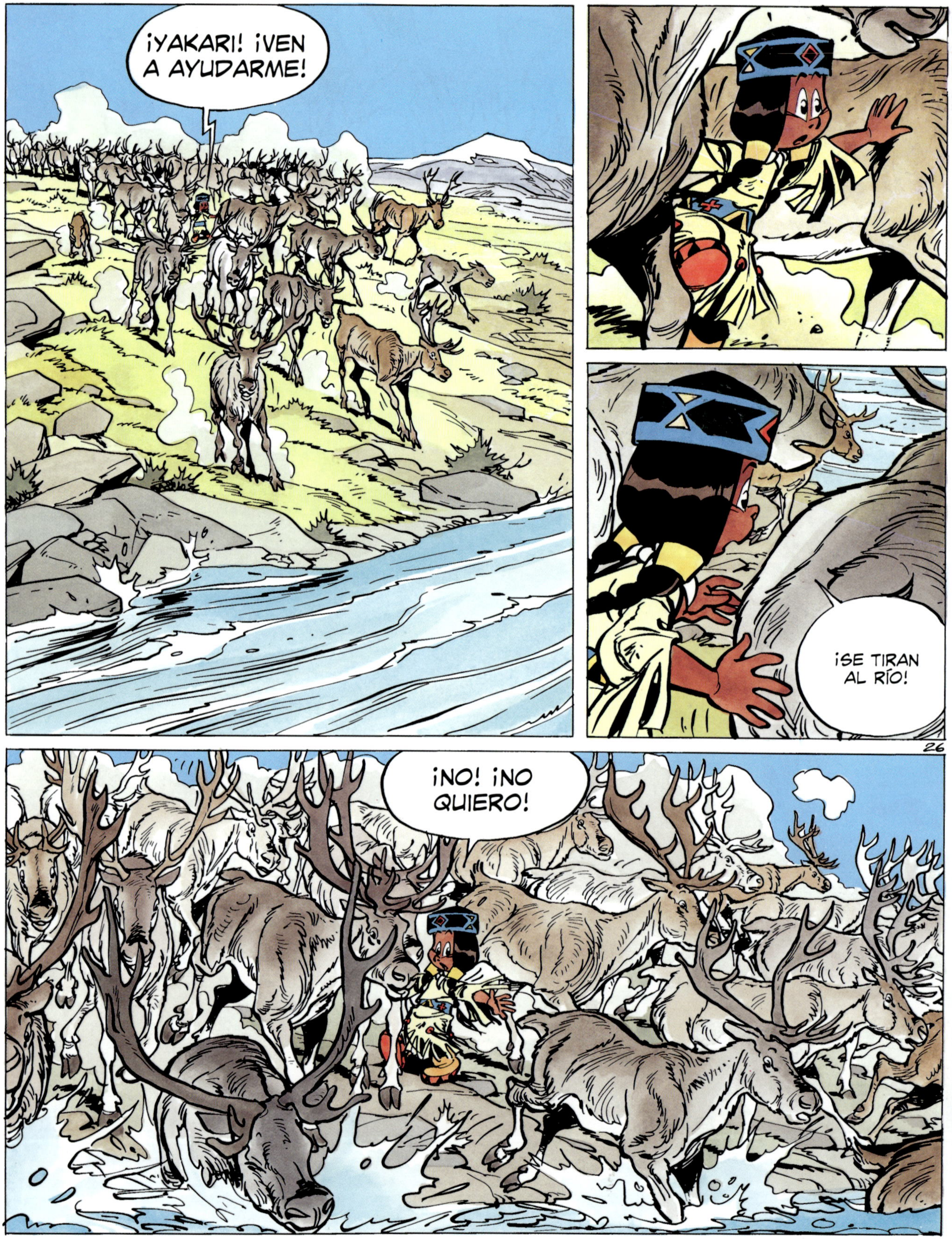
¡YAKARI! ¡VEN A AYUDARME!
¡SE TIRAN AL RÍO!
26
¡NO! ¡NO QUIERO!

¡POBRECITA!
¡LA AHOGARÁN!

¡YAKARI!
GLU... GLU...
28
¿DÓNDE SE HA METIDO?

¡LO HA CONSEGUIDO!
AHORA TENGO QUE IMPEDIR QUE SE LA LLEVE LA CORRIENTE...
¡INTENTARÉ SACARLA DEL RÍO!
¡UPS!
¡BUU! ¡BUU!

YA ESTÁS EN LUGAR SEGURO...
...ES HORA DE QUE VAYA A BUSCAR A YAKARI.
¡ESTÁ ALLÍ ABAJO!
¡QUÉ BAYAS MÁS DELICIOSAS!
¡COGE UNAS POCAS PARA ARCO IRIS!
¿LA HAS ENCONTRADO?
TE NECESITA. SÍGUEME, ¡RÁPIDO!
30

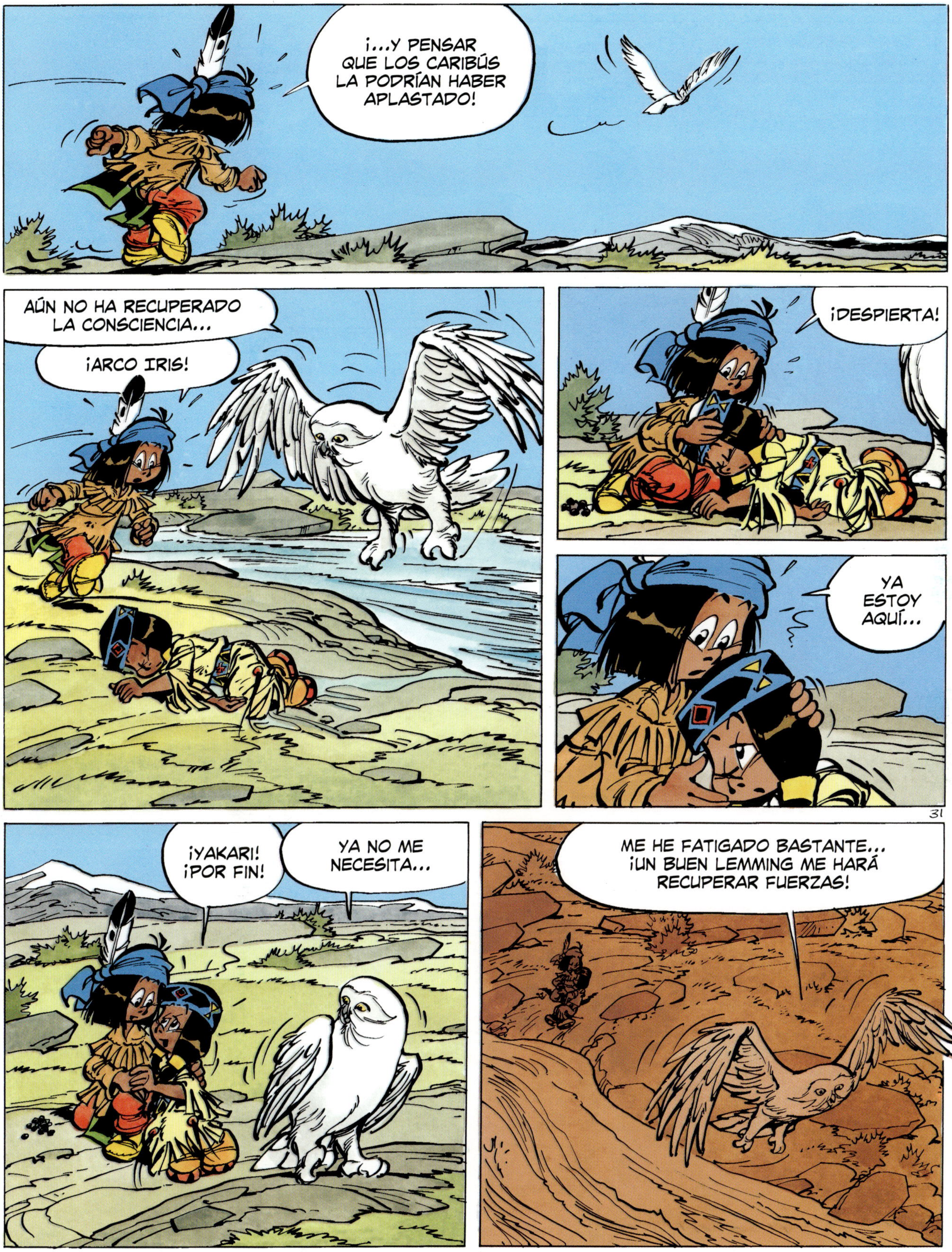

¡...Y PENSAR QUE LOS CARIBÚS LA PODRÍAN HABER APLASTADO!
AÚN NO HA RECUPERADO LA CONSCIENCIA...
¡ARCO IRIS!
¡DESPIERTA!
YA ESTOY AQUÍ...
31
¡YAKARI! ¡POR FIN!
YA NO ME NECESITA...
ME HE FATIGADO BASTANTE... ¡UN BUEN LEMMING ME HARÁ RECUPERAR FUERZAS!

ARCO IRIS SE RECUPERA POCO A POCO.
ESAS BESTIAS HAN APARECIDO MIENTRAS DORMÍA... ¡HA SIDO HORRIBLE!
¡TE HA SALVADO A TIEMPO!
¿QUIÉN?
EL PÁJARO BLANCO QUE ASUSTÓ A TU LEMMING.
¡POBRE ANIMALITO! ¿LO HAS ENCONTRADO?
NO. PERO SI QUIERES UNO...
¡HAY UN MONTÓN!
¿EH? SÍ, PERO EL NUESTRO ERA TAN SIMPÁTICO...
¡YA PUEDES PO-NERTE EN PIE!
32
BRRR... ESTÁ REFRESCANDO... SERÁ MEJOR QUE NO COJAS FRÍO.
¡A VER SI ME ATRAPAS!

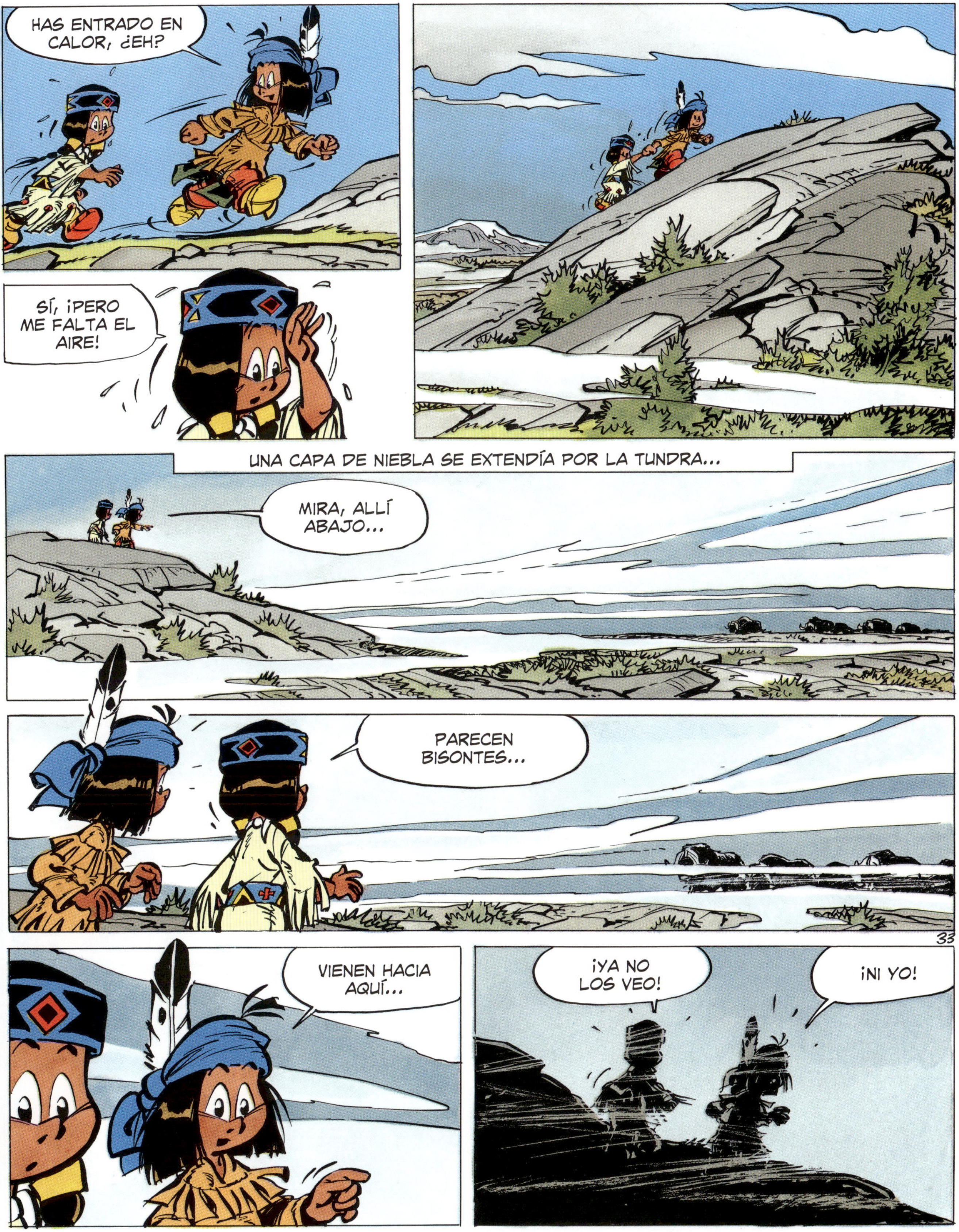
HAS ENTRADO EN CALOR, ¿EH?
SÍ, ¡PERO ME FALTA EL AIRE!
UNA CAPA DE NIEBLA SE EXTENDÍA POR LA TUNDRA...
MIRA, ALLÍ ABAJO...
PARECEN BISONTES...
33
VIENEN HACIA AQUÍ...
¡YA NO LOS VEO!
¡NI YO!

!!
?
¡NO TENGÁIS MIEDO!
SOLO SON BUEYES ALMIZCLEROS...

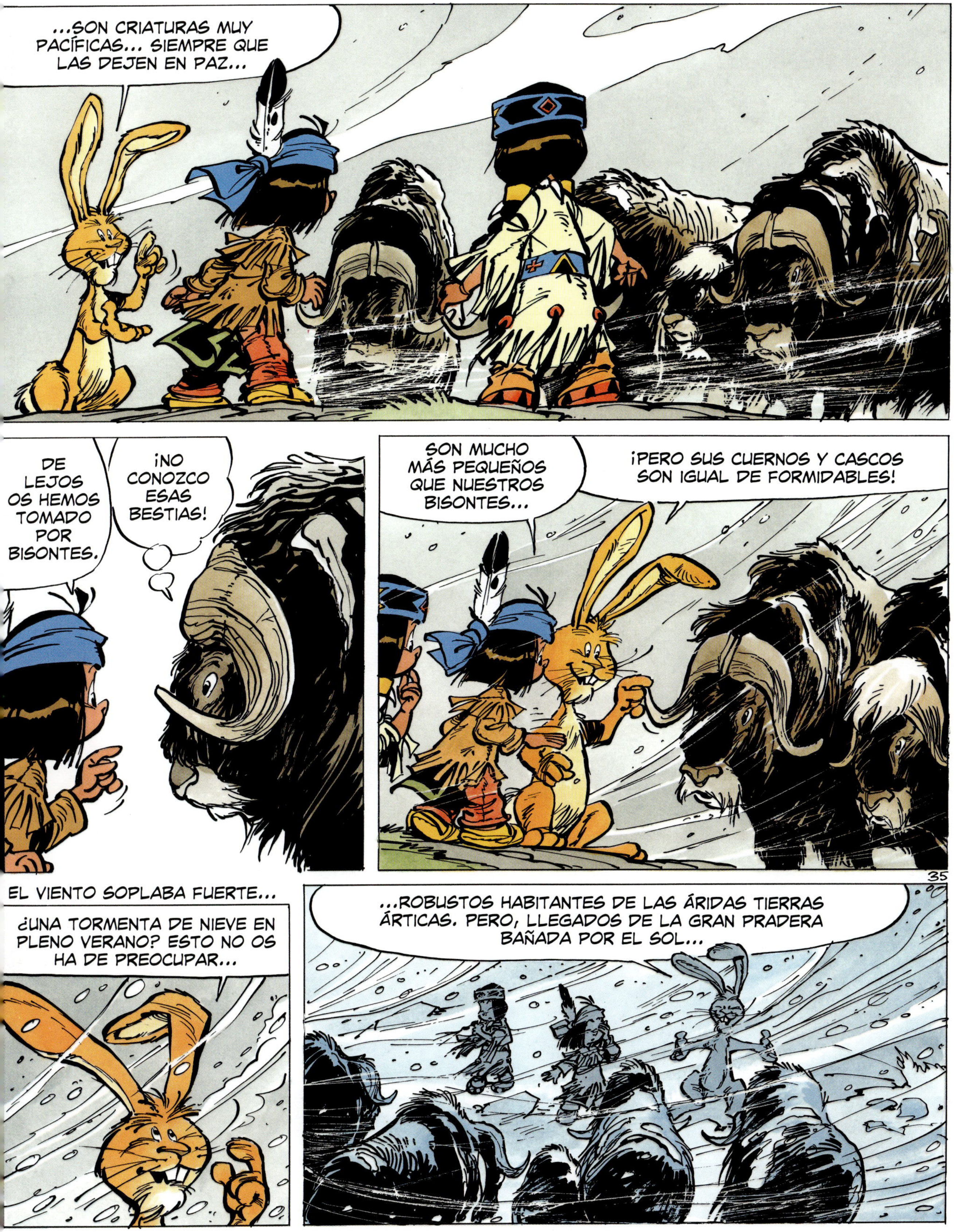
...SON CRIATURAS MUY PACÍFICAS... SIEMPRE QUE LAS DEJEN EN PAZ...
DE LEJOS OS HEMOS TOMADO POR BISONTES.
¡NO CONOZCO ESAS BESTIAS!
SON MUCHO MÁS PEQUEÑOS QUE NUESTROS BISONTES...
¡PERO SUS CUERNOS Y CASCOS SON IGUAL DE FORMIDABLES!
35
EL VIENTO SOPLABA FUERTE...
¿UNA TORMENTA DE NIEVE EN PLENO VERANO? ESTO NO OS HA DE PREOCUPAR...
...ROBUSTOS HABITANTES DE LAS ÁRIDAS TIERRAS ÁRTICAS. PERO, LLEGADOS DE LA GRAN PRADERA BAÑADA POR EL SOL...

...ARCO IRIS Y YAKARI NO SOPORTARÁN UN CAMBIO TAN BRUSCO DE TEMPERATURA. POR ESO OS PIDO QUE OFREZCÁIS A MIS JÓVENES AMIGOS LA PROTECCIÓN DE VUESTRO PELAJE...
¿CÓMO PODRÍAMOS RESISTIRNOS A ALGUIEN TAN ENCANTADOR?
PARA ASEGURAR LA COMODIDAD DE SUS PROTEGIDOS, LOS BUEYES ADOPTARON UNA FORMACIÓN DEFENSIVA.
¡AHORA ESTARÉIS CALIENTES!
¡Y AHORA, PARA HACER HONOR A SU NOMBRE, EL ENCANTADOR SOLO HA DE DESAPARECER ANTE VUESTROS OJOS!
POP
¿LO HAS VISTO? ¡ES TODO UN MAGO!

EL FRÍO ERA CADA VEZ MÁS INTENSO...
SI QUERÉIS MÁS CALOR SOLO TENÉIS QUE CUBRIROS CON LA PELUSA QUE SE DESPRENDE DE NUESTRO PELAJE...
...ASÍ NO TENDREMOS QUE RODAR POR EL SUELO PARA QUITÁRNOSLA...
¿QUÉ TE PAREZCO?
¡JA, JA, JA!

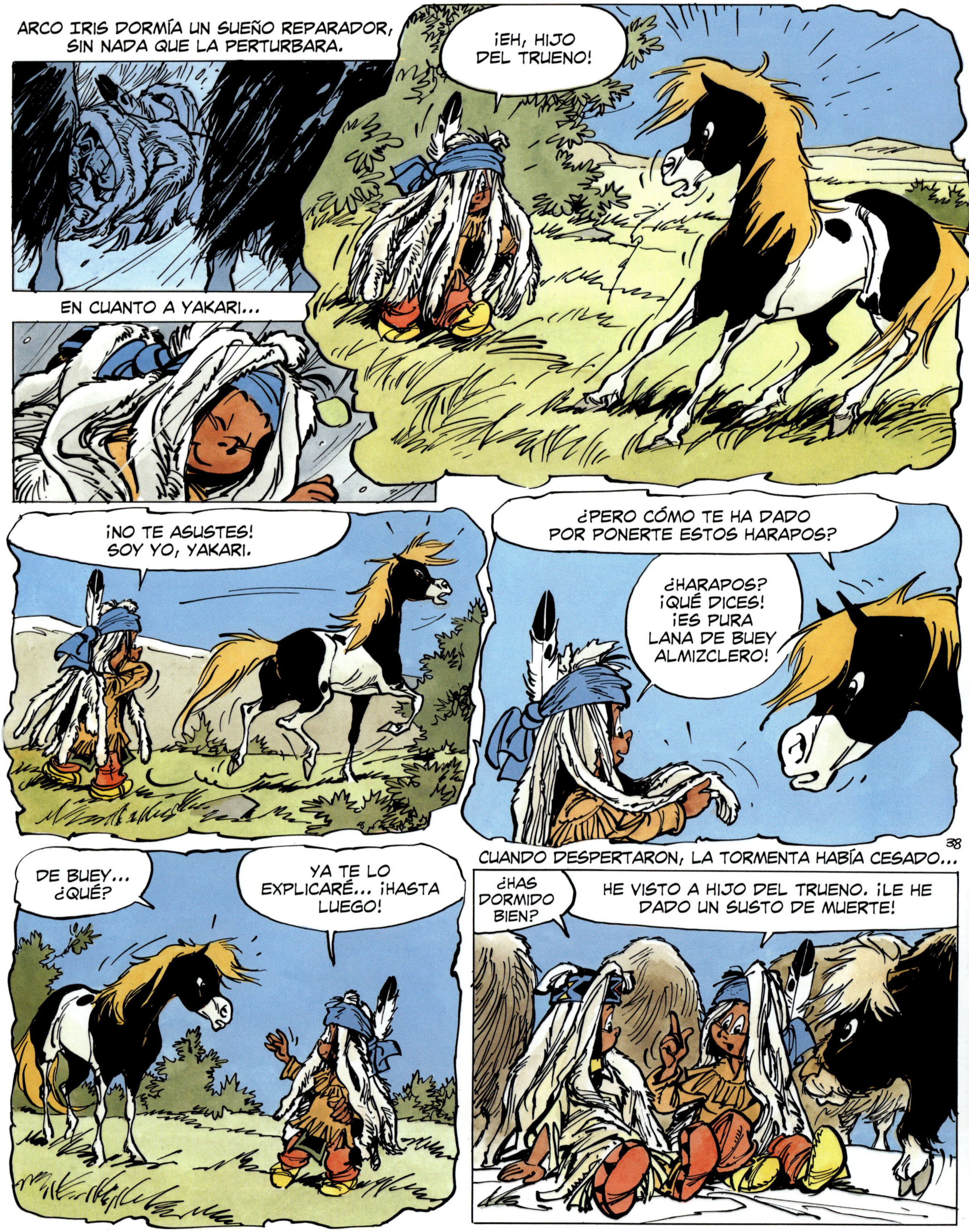
ARCO IRIS DORMÍA UN SUEÑO REPARADOR, SIN NADA QUE LA PERTURBARA.
EN CUANTO A YAKARI...
¡EH, HIJO DEL TRUENO!
¡NO TE ASUSTES! SOY YO, YAKARI.
¿PERO CÓMO TE HA DADO POR PONERTE ESTOS HARAPOS?
¿HARAPOS? ¡QUÉ DICES! ¡ES PURA LANA DE BUEY ALMIZCLERO!
DE BUEY... ¿QUÉ?
YA TE LO EXPLICARÉ... ¡HASTA LUEGO!
38
CUANDO DESPERTARON, LA TORMENTA HABÍA CESADO...
¿HAS DORMIDO BIEN?
HE VISTO A HIJO DEL TRUENO. ¡LE HE DADO UN SUSTO DE MUERTE!

EL SOL VUELVE A BRILLAR. YA NO NECESITAMOS ESTA PROTECCIÓN.
¡HEMOS ESTADO MUY BIEN ENTRE VOSOTROS!
¡QUÉ SIMPÁTICOS SON!
YAKARI, QUIERO VOLVER AL TIPI. SI PODEMOS ENCONTRARLO...
DESDE ALLÍ ARRIBA DEBERÍAMOS VERLO...
39
OOOOWOOOOOWOOOOO
?!
¡EL AULLIDO DE UN LOBO!
¡QUÉ MIEDO!

*VER "YAKARI EN EL PAÍS DE LOS LOBOS".

NOS RODEAN...
¡CORRED EN LÍNEA RECTA! VUESTRA TIENDA NO ESTÁ MUY LEJOS...
¡EL PÁJARO DE NIEVE!
41
PERO... SE VA...
¡NO TE PARES! ¡CORRE!

¡ÁNIMO!
¡YA VIENEN!
?
!
¡...LOS BUEYES ALMIZCLEROS!!

MIS PROTEGIDOS VAN BIEN ESCOLTADOS...
¡SEGUIDME!
43
VIENEN POR TODOS LADOS.
¡EL TIPI!

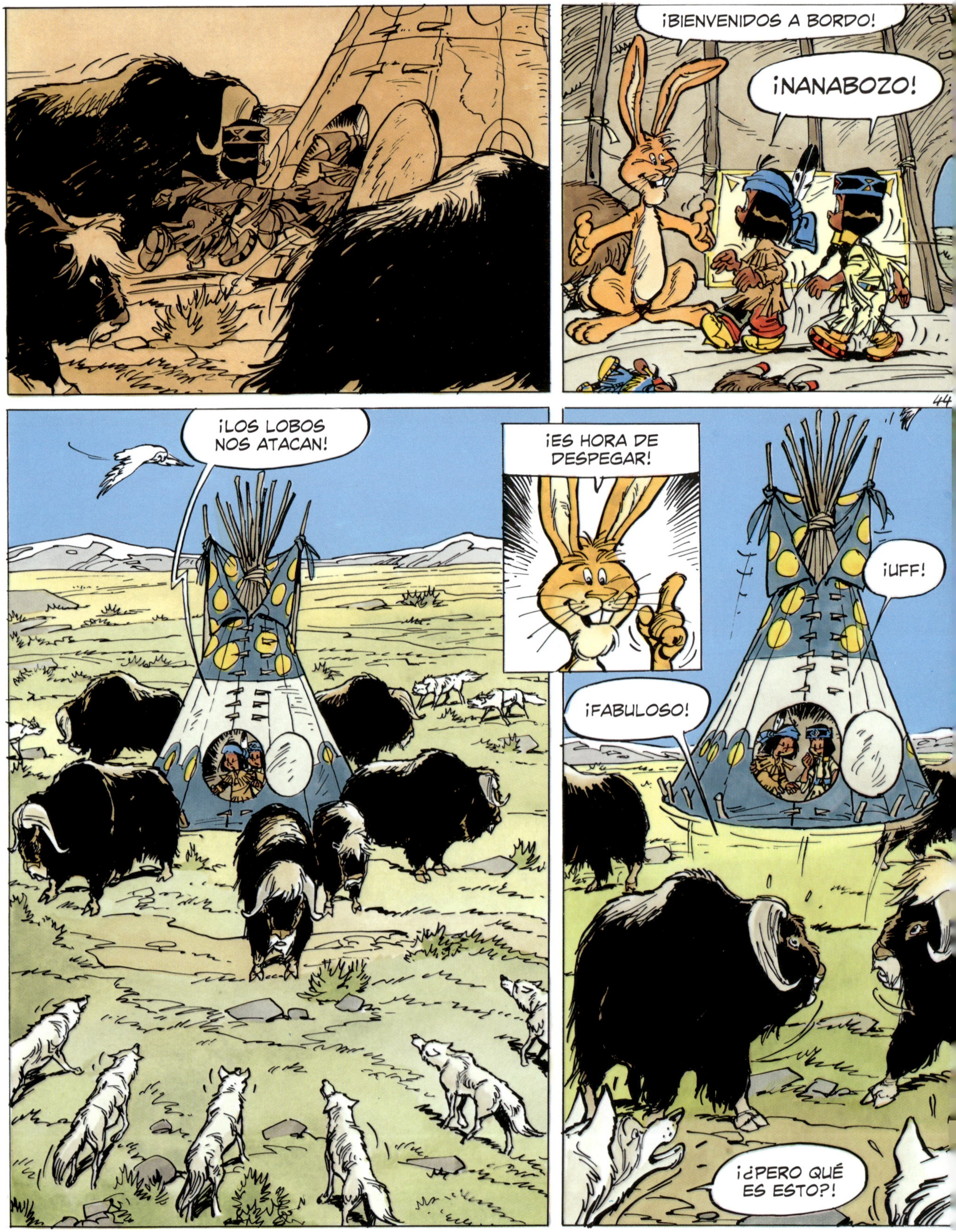
¡BIENVENIDOS A BORDO!
¡NANABOZO!
¡LOS LOBOS NOS ATACAN!
¡ES HORA DE DESPEGAR!
¡UFF!
¡FABULOSO!
¡¿PERO QUÉ ES ESTO?!

¡HUYAMOS DE AQUÍ!
¡Y AHORA AL SUR, A LA PRADERA!
EN CUANTO A MÍ, REGRESARÉ POR MIS PROPIOS MEDIOS...
POP
¿
!
UAAAH... ¡QUÉ SIESTA MÁS BUENA!
45
¡NUESTRO LEMMING!
¡UAAAAH!
VEN A MIS BRAZOS...
¡TE HEMOS BUSCADO POR TODAS PARTES!
CUANDO EL BÚHO SE HA LANZADO SOBRE MÍ, HE ENTRADO EN ESTE REFUGIO... AAAH... ¡QUÉ COMODIDAD COMPARADO CON MI MADRIGUERA!

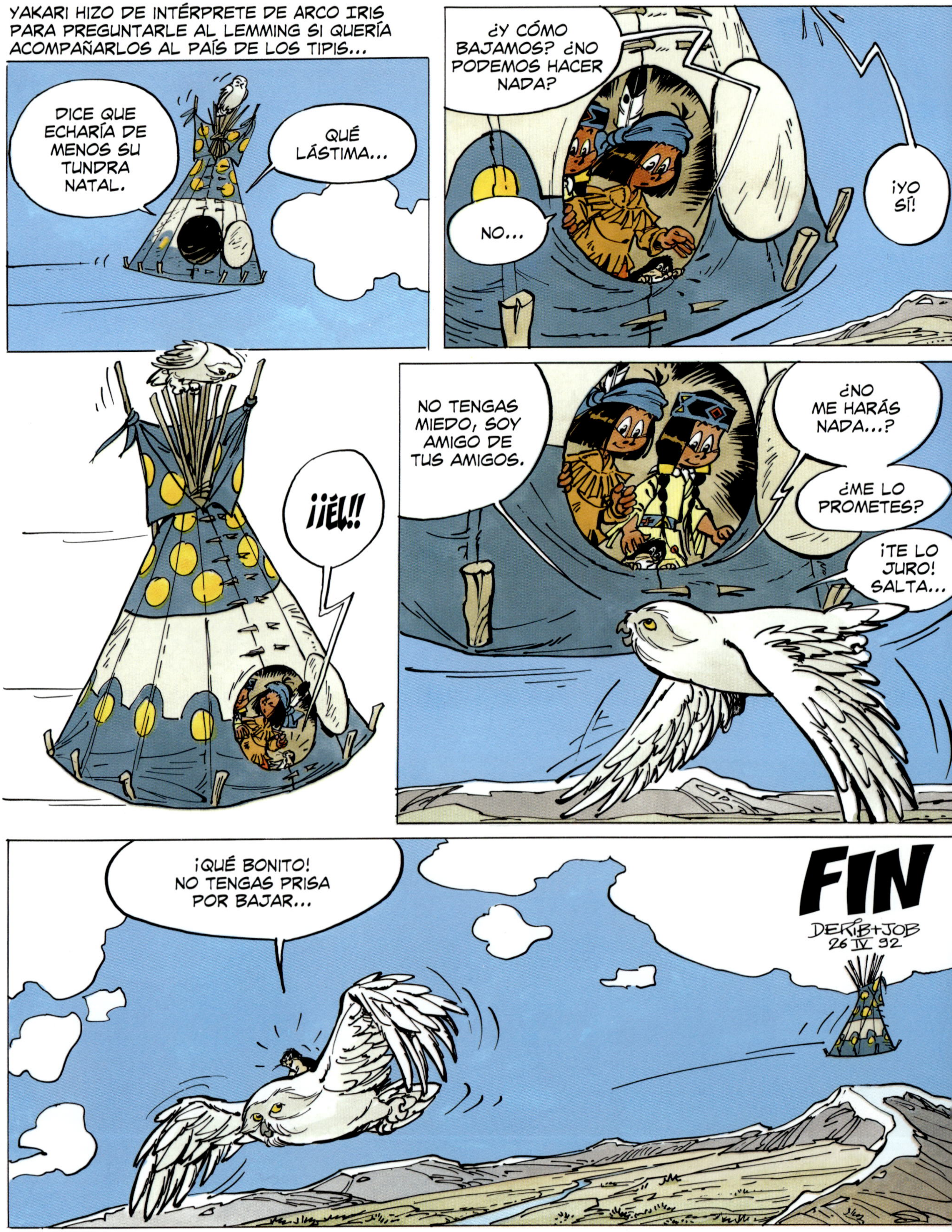
YAKARI HIZO DE INTÉRPRETE DE ARCO IRIS PARA PREGUNTARLE AL LEMMING SI QUERÍA ACOMPAÑARLOS AL PAÍS DE LOS TIPIS...
DICE QUE ECHARÍA DE MENOS SU TUNDRA NATAL.
QUÉ LÁSTIMA...
¿Y CÓMO BAJAMOS? ¿NO PODEMOS HACER NADA?
NO...
¡YO SÍ!
¡¡ÉL!!
NO TENGAS MIEDO, SOY AMIGO DE TUS AMIGOS.
¿NO ME HARÁS NADA...?
¿ME LO PROMETES?
¡TE LO JURO! SALTA...
¡QUÉ BONITO! NO TENGAS PRISA POR BAJAR...
FIN
DERIB+JOB
26 IV 92